Neue Geschichten von Joschi!
Ein kleiner Terrier erzählt aus seinem Hundeleben.

Christel Löber

Neue Geschichten von Joschi!

Ein kleiner Terrier erzählt aus seinem Hundeleben.

Bibliografische Information der Deutschen Nationalbibliothek:
Die Deutsche Nationalbibliothek verzeichnet diese Publikation in der
Deutschen Nationalbibliografie; detaillierte bibliografische Daten
sind im Internet über
<ftp://dnb.d-nb.de> abrufbar.

© 2008 Christel Löber
Umschlagdesign, Herstellung und Verlag: Books on Demand GmbH,
Norderstedt
ISBN 978-3-8370-4809-4

Hallo liebe Leser!

Kennt ihr mich noch?

Ich bin doch der Joschi, der Parson-Jack-Russell-Rüde!

Ich habe weitere Geschichten für euch.
In der Hoffnung, dass euch mein erstes Buch gefallen hat, hier die Fortsetzung meines Hundelebens.

Im letzten Buch habe ich doch eine Belohnung für meine Maulwurfjagd bekommen,
nämlich einen großen Knochen von meinem Herrchen.
Hier könnt ihr sehen, wie ich diesen gerade verspeise,
WUFF, WUFF!

Der Knochen ist sehr lecker gefüllt und komme ich an die Füllung nicht mehr heran, werfe ich ihn einfach in die Luft und lasse ihn auf dem Boden wieder aufschlagen.
Schon purzeln die Brocken aus dem Knochen heraus und ich kann sie fressen.
Um an das Fressen heranzukommen, muss man auch als Hund erfinderisch sein.
WUFF, WUFF!

Zum Glück habe ich ihn gleich nach meinem Jagderfolg bekommen, denn der Maulwurf kam nach drei Wochen in den Garten zurück. WUFF, WUFF!

Ihr fragt euch sicher, wieso ich weiß, dass er nach drei Wochen zurückkam. Ganz einfach, ich habe gehört, wie mein Herrchen sagte: „Das gibt es doch nicht, gerade mal drei Wochen hatte ich Ruhe vor diesem Frechdachs, jetzt ist der Maulwurf wieder da.
Er könnte ja gerne bleiben, wenn er nicht meinen schönen Rasen umpflügen würde!"

Dieser liegt bestimmt irgendwo faul herum und lacht sich über uns kaputt!

Also muss ich wieder auf diesen Frechdachs aufpassen, WUFF, WUFF!

Ich bin jetzt neun Jahre alt und höre zufällig, wie meine Zweibeiner sich über Seniorenfutter für Hunde unterhalten. „Senioren" heißt, wie ich mal aus einem Gespräch meines Rudels mitgekriegt habe, alt.

WUFF, WUFF, WUFF!
Seniorenfutter, ist das vielleicht altes Futter?
Wollen die mir jetzt altes Futter zum Fressen andrehen?

Also eins sag ich euch, da streike ich aber.
Eins weiß ich bestimmt, das nächste Fressen wird ganz genau untersucht und beschnuppert.
WUFF, WUFF!

Als es dann so weit ist und ich nur zögerlich an meinen Fressnapf gehe und alles beschnuppere, klärt mich mein Frauchen auf:
„Joschi, das ist dein neues Futter, extra für etwas ältere Hunde.
Damit du auch gesund bleibst und ein langes Leben hast."

Aha, ach so ist das also.

Es ist kein altes Futter, sondern nur für ältere Hunde. Na, dann werde ich mich mal darüber hermachen.
WUFF, WUFF, WUFF!

Hm, schmeckt eigentlich auch ganz lecker.
WUFF, WUFF!

Morgens gehe ich mit meinem Frauchen Gassi.
Wir gehen dann immer in ein Geschäft, dort gibt es einen kleinen Pudel,
der heißt Boonchu.

Er kann von Glück sagen, dass er noch Welpenschutz hat. WUFF, WUFF, WUFF!

Ich sage euch, der fällt jedes Mal über mich her, unmöglich.
Er hängt mir am Hals, schnuppert an meinen Ohren und ist furchtbar wild.
Wenn es mir zu bunt wird, drehe ich mich um und gehe Richtung Ausgang.
Mein Frauchen weiß dann, aha, Joschi will heraus aus dem Geschäft.

Eins sag ich dir, wenn dein Welpenschutz vorbei ist, lernst du mich kennen. WUFF, WUFF!

Dann werde ich dich in deine Schranken weisen.
WUFF, WUFF, WUFF!

Und wieder knabbert er mir an meinem Ohr.
Jetzt wird es aber Zeit, dass wir aus dem Geschäft
herauskommen, also ab zur Tür.

Samstags gehe ich mit meinem Frauchen immer auf den
Markt, da weiß ich, danach zu Hause gibt es den guten
gekochten Schinken. Davon bekomme ich,
ausnahmsweise, auch immer was ab.
Hm, der ist lecker! WUFF, WUFF!
Oft treffe ich dort auch einen Rauhaardackel,
der heißt Rudi.

Wer von uns beiden das Sagen hat, ist noch nicht ausgestanden.
Entweder bellt Rudi mich an und ich knurre dann zurück oder umgekehrt.

Sollte morgens auf dem Markt irgendjemand noch nicht richtig wach sein, spätestens nach unserem Spektakel sind sie es alle. WUFF, WUFF, WUFF!

Auf dem Markt ist es auch immer aufregend.
Eine Frau riecht immer besonders gut nach Wurst, die gibt mir immer etwas ab.
Sie hat einen großen Wagen mit Wurst und Fleisch, hm, hm, das riecht immer lecker. WUFF, WUFF, WUFF!

Es ist immer der Höhepunkt meiner Woche,
denn alle sind sehr freundlich zu mir und begrüßen mich.
„Hallo, Joschi, wie geht es dir?", fragen sie alle.
Die Frau des Bauern, bei dem wir den guten Schinken
holen, streichelt mich immer und riecht richtig gut nach
Hund, denn sie hat eine Artgenossin von mir zu Hause.
Einmal war sie dabei und ich konnte sie begrüßen. Eine
schöne Jack-Russell-Hündin, jung und wild!

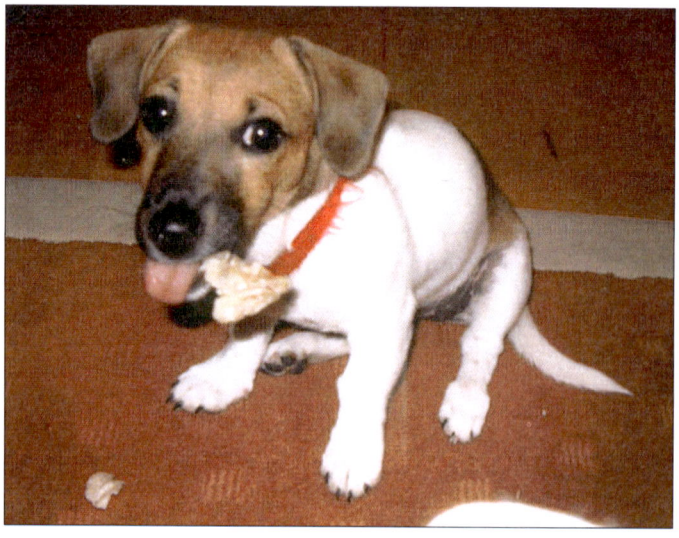

Ein steiler Zahn, sag ich euch, WUFF, WUFF! Übrigens,
sie heißt Luzy.

Wenn mein Herrchen morgens seine Jeans anzieht, bin ich sofort auf der Hut.
Ich bin gleich zur Stelle, denn wenn ich lange genug um ihn herumspringe und laut belle, darf ich vielleicht mit. Dann freue ich mich riesig und tue dies auch laut kund: WUFF, WUFF, WOOUH, WOOUH!

Wenn er aber sagt: „Joschi, ich muss ohne dich einkaufen gehen", ach, dann bin ich sehr traurig.
Aus Frust lege ich mich auf das Sofa und döse vor mich hin, bis er wiederkommt.

Aber wenn er dann zurück ist, belle ich ihn laut an:
WUFF, WUFF, WUFF!

Ohne mich geht er kein zweites Mal weg, dafür sorge ich schon.

Er wird von mir so lange genervt, bis er mich mitnimmt.
WUFF, WUFF!

Endlich ist es wieder Frühling!
Ich liege jetzt oft im Garten auf dem Rasen und sehe den Vögeln zu. Mal sind es Amseln, die bei mir vorbeikommen, manchmal auch Blaumeisen oder Kohlmeisen.

Die darf ich alle nicht jagen, das habe ich gleich am Anfang schon erklärt bekommen!

Mein Frauchen bürstet ja jeden Tag mein Fell aus.
Im Frühjahr wechsele ich nämlich immer mein Fell.
Dadurch bürstet mein Frauchen viele Haare heraus, die liegen dann auf dem Rasen.

Meist sind es richtige kleine Bündel.

Als ich neulich nach dem Ausbürsten in der Sonne liege und so vor mich hindöse,
kommt plötzlich eine Kohlmeise angeflogen.
Sie setzt sich vor das Fellbündel und blickt sich erst einmal nach allen Seiten um.

Danach schnappt sie sich das Bündel und fliegt an den Nistkasten, der bei uns an einem Baumstumpf hängt, und kriecht hinein.

Siehe da, sie baut sich also mit meinen Haaren ein kuscheliges Nest für ihre Brut.
WUFF, WUFF!

Die haben es jedenfalls, dank meines Fells, schön weich und warm, wenn sie aus den Eiern schlüpfen.
Mein Frauchen konnte das auch beobachten und meinte dann zu mir: „Siehst du, Joschi, jetzt finden deine abgestorbenen Haare auch noch Verwendung in der Natur."

Mein Herrchen war gestern Futter einkaufen und hat mir ein großes Schweinsöhrchen mitgebracht.
Hm, lecker! WUFF, WUFF!
Das wird aber jetzt erst einmal im Garten vergraben, denn erst dann bekommt es das richtige Aroma.
Ab damit in den Garten und schön tief verbuddeln, damit es keiner findet.

Hat mich auch niemand beobachtet? Ich sehe mich nach allen Seiten um – die Luft ist rein!

So, fertig, geschafft! WUFF, WUFF!

Einige Wochen später sehe ich den Familienriesen (für die, die mein erstes Buch nicht gelesen haben, das ist der Sohn der Familie) im Garten graben!

Oh, oh! Ich ahne Schlimmes! Schnell renne ich zu ihm hin, denn genau an der Stelle, wo mein Schweinsöhrchen vergraben liegt, hat er schon gegraben.
Zu spät! WUFF, WUFF!

Ich belle ihn an:
WUFF, WUFF, WUFF, WUFF, was so viel heißt wie
„Halt, halt, wo ist mein Schweinsöhrchen?"

„Ach, Joschi, du suchst wohl dein Schweinsöhrchen",
meint der Familienriese.
„Ja, das hättest du besser mal gleich gefressen.
Gerade eben habe ich es entsorgt, das war ungenießbar
und hat furchtbar gestunken."

Oh Mist! Was weißt du als Mensch schon,
was einem Hund wie mir gut schmeckt!
Erst wenn es so richtig stark „duftet", ist es doch
besonders gut. WUFF, WUFF!

Na, das war's dann wohl, Schweinsöhrchen ade.
WUFF, WUFF!

Also das nächste Mal mache ich mich gleich darüber her,
ich fresse es sofort auf.

Immer mal wieder steht das schwarze „Samtpfötchen",
das ist die Katze von unserem Nachbarn, am Zaun und
sieht mir zu.
In der Hoffnung, einen Spielkameraden gefunden zu
haben, laufe ich schnell zu ihr.

Ich wedele mit meiner Rute und jaule:
WOW, WOW, WOW, WOUUUUH!
Sie miaut, aber ich kann sie leider nicht verstehen.

Nur wenn sie einen Katzenbuckel macht und faucht, weiß ich, dass ich aufpassen muss.
Denn dann droht sie mir und ich mache mich besser aus dem Staub.
Schade, dass sie mich einfach nicht versteht.

Seit Neustem habe ich eine weitere Aufgabe übernommen und dazu kam ich praktisch über Nacht. Es war an einem Freitag, ganz früh am Morgen. Mein erster Gang führte mich wie immer in den schönen Garten. Da sehe ich am Rande vom Teich einen großen Fisch liegen.

Ich renne schnell hin, um ihn näher zu begutachten.
WUFF, WUFF!

In der Zwischenzeit kommt mein zweites Frauchen (das ist die Tochter des Hauses) noch dazu. Sie besieht sich den Fisch und meint: „Oh weh, entweder ist er heute Nacht herausgehüpft oder der Reiher war wieder da, hat ihn gefangen und wieder fallen gelassen, als er von dir gestört worden ist."
Sie legt ihn wieder in den Teich, vielleicht erholt er sich ja wieder.

Leider kam unsere Hilfe zu spät. Mein Herrchen hat den Fisch später im Garten vergraben.

Also, mein lieber Fisch, eins kann ich dir sagen: Wenn du wirklich in der Nacht aus deinem Teich gehüpft bist, bist du aber schön blöd!
Mein Frauchen sagt immer: „Übermut tut selten gut." Dir hat er das Leben gekostet, also hat mein Frauchen doch recht. Ab sofort werde ich nicht mehr so übermütig hochspringen, wenn ich mich freue, sonst breche ich mir am Ende noch meine Pfoten. WUFF, WUFF, WUFF!

Wie konntest du nur aus dem Teich hüpfen, wo du doch weißt, dass du nur im Wasser lebensfähig bist?
Stell dir vor, du hättest noch viele schöne Jahre in dem Teich leben können. WUFF, WUFF!

Schade, jetzt ist wieder ein Fisch weniger im Teich!

Sollte allerdings der Reiher da gewesen sein und dich aus dem Teich geangelt haben, muss ich ab jetzt besser aufpassen.
Damit die übrigen Fische vor dem Reiher Ruhe haben, lege ich mich öfter mal auf die Lauer. WUFF, WUFF!

Aus einem sicheren Versteck unter einem Stuhl heraus schaue ich und warte, was da so alles kommt.
WUFF, WUFF!

Das Problem mit dem Reiher hat mein Herrchen gut gelöst. Er hat jetzt quer über den Teich und auch um den Teich herum Draht gespannt.

Er hat den Reiher beobachtet, wie er rundherum lief, und leider nirgends hineinlaufen konnte. So wie er Widerstand spürte, gab er es auf und flog davon.

Ach ja, auch ein Hund kämpft jeden Tag einen anderen Kampf!
Einmal ärgert mich der Maulwurf und jetzt sind es die Wühlmäuse.
Schaut euch den Strauch an, dann wisst ihr, wie es aussieht, wenn die Wühlmäuse eingefallen sind.
WUFF, WUFF!

Der eine Busch am Teich ist ganz kahl, kein Blatt und keine Blüte war dieses Jahr an dem Busch.

Ich werde mal versuchen, die Wühlmaus auszugraben.
WUFF, WUFF!

Ich habe jetzt also auf Dreierlei aufzupassen:
Einmal, dass der Reiher nicht kommt und die Fische
klaut, denn trotz des Drahts weiß man nie, ob er es nicht
doch noch einmal probiert. Außerdem, dass die
Wühlmäuse nicht ihren eigenen Staat bei uns aufbauen,
und der Maulwurf ärgert mich auch immer mal wieder.
Aber eins sage ich euch, irgendwann kriege ich euch alle,
WUFF, WUFF!

Am schlimmsten sind die Wühlmäuse.
Sie haben nämlich mittlerweile die ganze Uferanlage,
Büsche, Gräser usw., untergraben und sind gerade dabei,
die Wurzeln zu zerstören.
Zwei Gänge führen direkt ans Wasser. Ob die nachts
wohl schwimmen gehen?
WUFF, WUFF, WUFF!

Ich liege wieder einmal unter dem Stuhl und beobachte meine Umgebung.
Als ob ich es nicht geahnt hätte:

Da kommt doch tatsächlich wieder der Reiher angeflogen, setzt sich auf einen großen Baum und späht die Umgebung aus.

Seht nur, gerade ist er gelandet.
Den werde ich jetzt verscheuchen. Ich belle ganz laut:
WUFF, WUFF, WUFF!
Ich habe gewonnen, er fliegt wieder weg.

Wir schreiben den 9. Juni 2007, ein schlimmes Unwetter ist über uns gekommen, dicke Hagelkörner liegen auf den Beeten und auf der Straße. Sogar Fensterläden sind kaputt.
Unsere Straße ist zum reißenden Fluss geworden. Die Abwasserkanäle können das Wasser gar nicht so schnell fassen, wie es vom Himmel herunterkommt.
Sogar der Ortskern, nicht weit von uns,
ist „abgesoffen".

All das habe ich gehört, als Frauchen und Herrchen sich darüber unterhalten haben. Viele Leute haben Wasser im Keller.
Auch ich bin jetzt sehr aufgeregt. Schon den ganzen Tag über war ich unruhig. Ich lief vom Garten ins Haus, legte mich hin und lief dann gleich wieder los.
WUFF, WUFF!

Ihr müsst wissen, wir Tiere haben ein Gespür oder den Instinkt dafür, wenn was Außergewöhnliches passiert. Vor allem Naturkatastrophen. WUFF, WUFF!

Mein Frauchen fragte mich schon: „Joschi, was ist denn mit dir los?
 Du legst dich hin, stehst wieder auf, rennst in den Garten und sofort wieder zurück, bist du etwa krank?"

Dann war es so weit, das Unwetter kam. WUFF, WUFF! Was war da wohl los?

Ich wollte endlich auch nachsehen, wie es draußen aussah und was da alles passiert war. WUFF, WUFF!

Es war schon Abend, Frauchen, Herrchen und auch der Familienriese, also mein zweites Herrchen, alle rannten in den Keller und unter das Dach.

Sie sahen nach, ob irgendwo Wasser eingedrungen war.

Als alles vorbei war, durfte ich endlich in den Garten.
Was ist denn das auf dem Beet?
Ist das Schnee?
Mein Frauchen meint: „Joschi, das sind

Hagelkörner!" Hagelkörner im Juni, also im Sommer?
WUFF, WUFF!

Nicht zu fassen, ganz dicke Hagelkörner liegen da auf dem Beet.
Mein Frauchen ruft nach mir und ich soll wieder in die Wohnung kommen.
Ich muss jetzt erst mal im ganzen Garten nachsehen, vorher komme ich nicht herein.
WUFF, WUFF, WUFF!
Ich sehe mich noch einmal nach ihr um und renne los.
Da kann mein Frauchen rufen, solange sie will.
Erst sehe ich mir mein Revier an.

Das Unwetter ist wieder vorbei und man glaubt nicht, dass es dies je überhaupt gab.
Es ist herrlich warm und ich nehme jetzt regelmäßig meine „Kneipp-Kuren".
Mein großes Schwimmbecken habe ich leider kaputt gebissen,
aber mein Herrchen hat mir ein Becken in Form einer Muschel mitgebracht und darin kann ich jetzt jeden Tag meine Gelenke auf

Vordermann bringen. Ich trete jeden Tag Wasser, wie man so schön sagt.

Heute hatten wir Besuch von einer Ente.
Was will denn die bei uns?
Na, die würde mir ja gerade noch fehlen.
WUFF, WUFF, WUFF!

Hoffentlich kommt die nicht auf die Idee, bei uns eine Familie zu gründen!
Sie schwimmt auf unserem Teich.

Plötzlich steigt sie heraus und erkundet seelenruhig die Umgebung.

Sie stolziert auf dem Rasen hin und her und sieht sich weiter um.

Wahrscheinlich hält sie Ausschau nach einem geeigneten Platz, um ein Nest zu bauen.

Es gibt kein Ende mit den vielen Tieren, die sich bei uns einnisten wollen. WUFF, WUFF!

Ich schaue in unseren Holzkarren, was sehe ich denn da?

Will sich da etwa eine Haselmaus breitmachen? Sieht so aus, als hätte sie ein Lager für den Winter angelegt. Das wäre dann noch die Krönung.
WUFF, WUFF!

Was bleibt mir anderes übrig, als auch da auf der Hut zu sein? Mein Arbeitstag wird immer länger, bald muss ich noch Überstunden machen. WUFF, WUFF!

Auch unser Frosch im Teich ist jeden Tag zu hören. Aber den kriege ich leider nicht zu fassen. Auch wenn ich mich an den Teich heranschleiche, bis ich angekommen bin, ist er immer vom Rand in den Teich zurückgehüpft. Er sonnt sich nämlich oft am Rand des Teiches und da wäre es sicher einfach, ihn zu fangen – dachte ich jedenfalls.

Wieder ist er mir entwischt, WUFF, WUFF, WUFF!

Na, könnt ihr den Frosch im Teich auf dem Bild
erkennen?

Mein Frauchen hat vielleicht einen „Bock geschossen", wie man so schön sagt.
Sagt sie doch zu mir: „Hier, Joschi, da hast du dein Essen." Im gleichen Atemzug spricht sie davon, meinem Herrchen das Fressen zu machen.
Als sie merkt, was sie da gerade gesagt hat, fängt sie laut an zu lachen.
„Oh weh, Joschi, jetzt lass ich schon die Tiere essen und die Menschen fressen, wo es doch gerade umgekehrt ist. Na, wenn das jetzt dein Herrchen mitbekommen hätte."

Mein Herrchen macht mir die Haustüre auf und sagt:
„Joschi, du kannst jetzt in den Garten und etwas herumtollen!"
Als ich nach einiger Zeit wieder ins Haus will, ist die Türe zu und ich stehe davor und sehe ziemlich dumm aus.
Ich warte und warte, meint ihr, der würde mir aufmachen? Nein, tut er nicht. Ich glaube, er hat mich vergessen. Das macht mich ganz schön traurig. Mit unserem Türsteher kann man sich auch nicht unterhalten, der steht einfach nur stumm da.

Es ist mittlerweile Mittagszeit und endlich tut sich was: Mein Frauchen kommt nach Hause.

Ich hüpfe an ihr hoch und bin hocherfreut, sie zu sehen. „Na, Joschi, wo ist denn dein Herrchen?",
fragt sie mich. Sie denkt natürlich, er wäre im Hof. Sie geht in den Garten und sieht überall nach. Als sie mein Herrchen nicht findet, fragt sie: „Sag mal, Joschi, wieso bist du denn alleine hier draußen?"

Sie schließt die Haustüre auf und ich stürme an ihr vorbei und auf mein Herrchen zu.
WUFF, WUFF, WOOUH, WOOUH.

Was so viel heißt wie: „Warum hast du mich ausgesperrt?" Mein Herrchen ist ganz entsetzt und meint: „Oje, Joschi, ich glaube, die Haustüre ist zugefallen und ich habe das nicht bemerkt. Ich hätte dich doch nie ausgesperrt. Es tut mir furchtbar leid!" Und dann hat er mich gestreichelt und mir ein Leckerli gegeben.
WUFF, WUFF.

Na ja, ich habe ihm noch einmal verziehen.
Schließlich ist er ja auch nicht mehr der Jüngste, wie Frauchen immer sagt.

Gestern waren wir wieder einkaufen, diesmal durfte ich mit ins Geschäft.
Dort holt mein Herrchen immer mein Futter und da sind Hunde erlaubt.

Da stehen sogar Wasser und Leckerli für uns Hunde bereit. Hm, wie das duftet, meine Schnauze hebe ich nach oben und kann so alles gut riechen.
Jetzt weiß ich endlich, wo das ganze Futter für mich herkommt.

Ihr müsst wissen, dass ich jeden Tag Trockenfutter (die Marke darf ich nicht sagen) und etwas Dosenfutter bekomme.

Und so viele Schweinsöhrchen und Knochen liegen da, WUFF, WUFF, WUFF!

Als wir an die Kasse kommen und mein Herrchen bezahlen muss, wird er von der Frau an der Kasse gefragt: „Bezahlen Sie mit Karte oder bar?"
Mein Herrchen antwortet kurz und knapp: „Sehr ungern!"

Alle Zweibeiner, ob männlich oder weiblich, die hinter uns an der Kasse stehen (und die Schlange ist lang!), zeigen die Zähne und geben laute Töne von sich. Sie nennen das „lachen".

Kann mir mal jemand sagen, was da so lustig war, oder lachen die etwa mein Herrchen aus?
WOUUH, WOUUH, WOUUH!
Da soll einer die Menschen verstehen.

Na ja, ich bin halt nur ein Hund.
WUFF, WUFF, WUFF!

Jetzt sind wir wieder zu Hause angekommen und ich bin so müde.
WUFF, WUFF!
Also ab aufs Sofa und schon bin ich eingeschlafen und träume von großen Knochen und von Schweinsöhrchen und Leckerli!

Jetzt ist es wieder kühl und nass draußen,
die Tage werden kürzer und die Nächte länger, meint
mein Herrchen.

Es ist Sonntag, das weiß ich, weil ich da immer etwas
Schinken bekomme.
Nur den bekam ich heute etwas später. Komisch!
Da fällt mir ein, wir sind auch später Gassi gegangen,
wieso eigentlich?
Mittlerweile habe ich Hunger und mir knurrt der Magen.
WUFF, WUFF, WUFF!

Was ist heute nur los?
Herrchen und Frauchen liegen sogar noch im Bett.
Ich gehe zu Frauchen ans Bett und stoße sie mit meiner
kalten Schnauze an.
„Hallo, Frauchen, ich habe Hunger!", will ich damit
sagen.
„Ja, Joschi, was ist denn mit dir los?" Ich renne schnell an
meine Futterbox, um ihr zu zeigen, dass ich jetzt aber
Hunger habe. Endlich kapiert Frauchen, was los ist: „Ach
so, Joschi, du hast schon Hunger.

Es ist aber erst 10 Uhr und noch keine 11 Uhr, die Uhr ist doch um eine Stunde zurückgestellt worden.
Das haben die Politiker sich ausgedacht.
Wir müssen immer im Herbst die Uhr eine Stunde zurück- und im Sommer die Uhr eine Stunde vorstellen."

So ein Quatsch, jetzt weiß ich wenigstens, wem ich das zu verdanken habe, dass ich jetzt mein Futter später bekomme. Nämlich den Politikern, wer immer das auch ist.
WUFF, WUFF, WUFF!

Zweibeiner sind komische Lebewesen.
WUFF, WUFF, WUFF!

Wie ihr wisst, habe ich ja mein Körbchen im
Schlafzimmer bei Herrchen und Frauchen stehen.
Oft habe ich einen unruhigen Schlaf. Da kann es schon
mal passieren, dass ich mein Kissen und die Decke aus
meinem Körbchen herausbefördere, was mir im
Nachhinein aber gar nicht mehr gefällt.
Da ich es alleine nicht schaffe, alles wieder ins Körbchen
zu bekommen, schüttele ich mich mehrmals und
schnaufe ganz laut,

so lange, bis mein Frauchen endlich das Licht anknipst
und mir mein Körbchen wieder herrichtet.
Ach, ist das herrlich, danke, liebes Frauchen, jetzt kann
ich endlich wieder gut schlafen.

Oft treffe ich auch noch viele Vierbeiner
im Feld beim Spaziergang, mit Frauchen oder Herrchen.
So traf ich auch neulich meine Freundin Bella wieder. Sie
kenne ich schon, seitdem ich bei meinem Rudel bin.
Ich begrüßte sie recht stürmisch, sie freute sich und wir
beschnupperten uns.
Bella ist jetzt leider auch schon 13 Jahre alt.
Sie hat mittlerweile Probleme beim Laufen und Rennen,
was mir sehr leidtut. WOOUH, WOOUH!

Manchmal treffe ich auch Lissy, besonders wenn ich mit meinem Herrchen spazieren gehe.
Er unterhält sich dann mit ihrem Zweibeiner und wir beide beschnuppern uns und freuen uns, dass wir uns wiedersehen.
Manchmal knurrt sie mich an, na ja, typisch Frau.
WUFF, WUFF, WUFF!

Da warte ich erst einmal ab und wenn sie auf mich zukommt und sich freut, komme ich näher.
Einmal roch sie ganz besonders gut, ich wollte mich schon näher an sie heranmachen, da zog mich mein Zweibeiner von ihr weg.
So ein Mist! WUFF, WUFF, WUFF!

Ich liege wieder einmal auf dem Sofa in eine Decke
gekuschelt.

Da höre ich, dass jemand kommt.
Es ist mein zweites Frauchen.
Jetzt aber schnell vom Sofa herunter, um sie
zu begrüßen. WUFF, WUFF, WUFF!

Von ihr bekomme ich, nachdem sie gefragt hat, ob ich
schon Gassi war, immer ein großes Leckerli.
Hm, lecker, ach ja, das Hundeleben kann ja so schön sein.
WUFF, WUFF, WUFF!

WUFF, WUFF, WUFF, ist mir elend!
Hoffentlich erlebe ich das nächste Jahr noch, denn es ist wieder mal der 31. Dezember, also Silvester, wie mein Herrchen sagt.

Ich fühle mich sprichwörtlich hundeelend.

Mir ist furchtbar heiß, aber trotzdem friere ich und zittere erbärmlich.

„Was ist denn mit dir los, Joschi?",
fragt mein Frauchen. Ja, wenn ich das selber wüsste!
WUFF, WUFF, WUFF!

Ich will mich aufs Sofa legen, aber meine Beine sind wie Blei; ich kann nicht hochspringen und torkele weiter im Zimmer herum.

Mein Frauchen sieht das, nimmt mich hoch und legt mich aufs Sofa auf ein schönes, weiches, warmes Kissen.

Vorher reibt sie mich, wie immer wenn ich friere, mit Franzbranntwein ein und legt mir einen Schal um den Hals. Gleich geht es mir etwas besser.

Ich schlafe erst einmal und als ich aufwache,
ist mein Zweibeiner männlicher Art der Meinung, ich
müsste unbedingt in den Garten, um meine Notdurft zu
verrichten.
Er stellt mich, nachdem er mich die Treppe
heruntergetragen hat, in den Hof.
Ich bin total verwirrt: Wie war das noch mal,
was macht man, um zu markieren?
Also erst torkele ich an einen Busch heran, da fällt es mir
wieder ein: Ich hebe mein Bein, halt - nicht das vordere,
das hintere Bein, oder doch das vordere?
WUFF, WUFF, WUFF!

Bin ich vielleicht schon verkalkt wie manche Zweibeiner,
die nicht mehr wissen, was sie tun, und zur „Windel-
Fraktion" gehören?
Auch gehöre ich doch nicht zu den Mini-Zweibeinern
(Babys), die im Sommer mit weißen Hinterteilen
herumrennen und noch nicht aufs Töpfchen gehen, oder?
Wir Hunde lernen doch im Welpenalter schon, wie man
„stubenrein" wird, und benötigen keine Windeln. Jetzt
fällt es mir wieder ein, natürlich muss ich das hintere Bein
heben, um zu markieren.
Also, langsam weiß ich nicht mehr, was mit mir los ist,
WUFF, WUFF!

Ich fange wieder erbärmlich an zu zittern und möchte mich am liebsten hinlegen und nicht mehr aufstehen. Mein Frauchen kommt mir entgegen, hebt mich auf und trägt mich wieder ins Haus, aufs Sofa.

Ach, herrlich, endlich kann ich wieder schlafen!

Die Silvesternacht wird wieder turbulent, ich wache auf und um mich herum knallt es überall, aber zum Glück geht es mir etwas besser und ich kann auch wieder klar denken.

Ja, auch Hunde können denken, WUFF, WUFF!
Am liebsten würde ich ja hinausgehen, um mir die Knallerei anzusehen.

Aber ich merke dann doch, dass ich noch etwas schwach auf den Pfoten bin.

Das macht mich richtig traurig. WOOUH, WOOUH!

Plötzlich ist der Familienriese da, zieht einen
Fensterladen hoch, nimmt mich auf seine starken Arme
und wir sehen uns das Spektakel am großen
Wohnzimmerfenster an.
So komme ich doch auch noch in den Genuss, die
bunten Lichter am Himmel zu bestaunen.

WUFF, WUFF, WUFF, ja, mein Familienriese versteht
mich auch sehr gut und hat mir damit ein großes
Vergnügen bereitet.
Jetzt ist also schon wieder ein Jahr herum und ich werde
dieses Jahr schon zehn Jahre alt.

WUFF, WUFF, WUFF, hoffentlich bleiben mir noch
viele Jahre, die ich erleben darf.

Wenn ja, werdet ihr bestimmt noch mal von mir hören.
Aber jetzt lege ich mich aufs Sofa und schlafe erst einmal
etwas, denn Hunde meines Alters brauchen viel Schlaf.

Zum Schluss noch eine Mitteilung an alle Artgenossen und deren Zweibeiner, WUFF, WUFF, WUFF:

Hört mir gut zu, Artgenossen!

Wenn ihr Gassi geht, dann macht euer Geschäft nicht direkt vor ein Haus, ein Hoftor oder auf den Bürgersteig. Reißt euch zusammen und wartet damit, bis ihr im Feld seid, oder euer Zweibeiner hat immer was eingesteckt, um euer Geschäft zu beseitigen.

Denn ihr wisst doch, immer sind es dann die „blöden Hunde" und viele können uns dann nicht mehr leiden. Es ist ja auch nicht gerade schön, wenn die Zweibeiner aus dem Hoftor gehen und mit den Schuhen in einer „Tretmine" stehen.

Also denkt bitte daran, denn wir wollen doch weiterhin von den Menschen geliebt werden, oder?
Und sollten sich unsere Zweibeiner mal über uns ärgern, hat mein Frauchen hier noch ein Gedicht geschrieben:

Der Hund

Der Hund, wie Ihr alle wisst,
des Menschen bester Freund er ist.
Bist Du einsam und allein zu Haus,
und denkst, Du siehst heut
„scheiße" aus,
hält Dein Freund, der Hund,
es trotzdem bei Dir aus.
Er stößt Dich mit seiner kalten Schnauze an,
leckt Dir die Hand, gibt Dir Pfötchen, gibt Dir Kraft,
macht Dir Mut und tut außerdem noch Deiner armen
Seele gut.
Gehst Du mit ihm Gassi, gibst ihm Wasser,
Futter und viel Liebe, dann
bleibt er Dein allerbester Freund
sein ganzes Hundeleben lang.

Tschüss, euer Joschi!